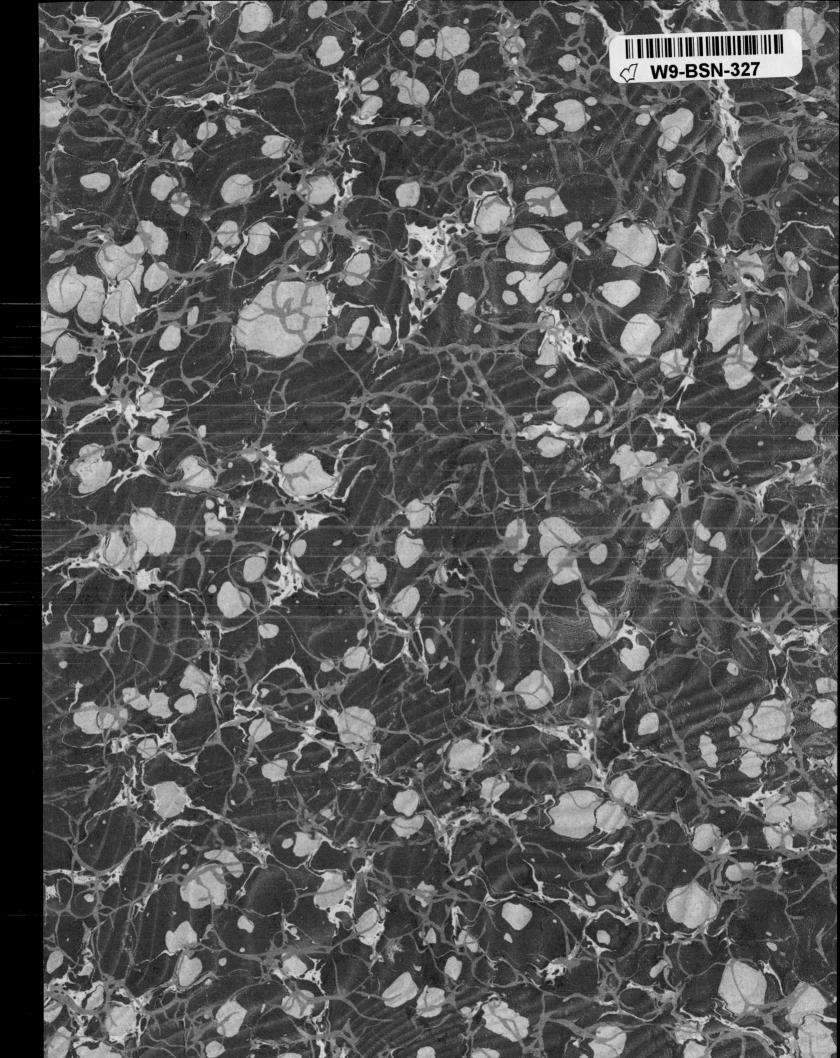

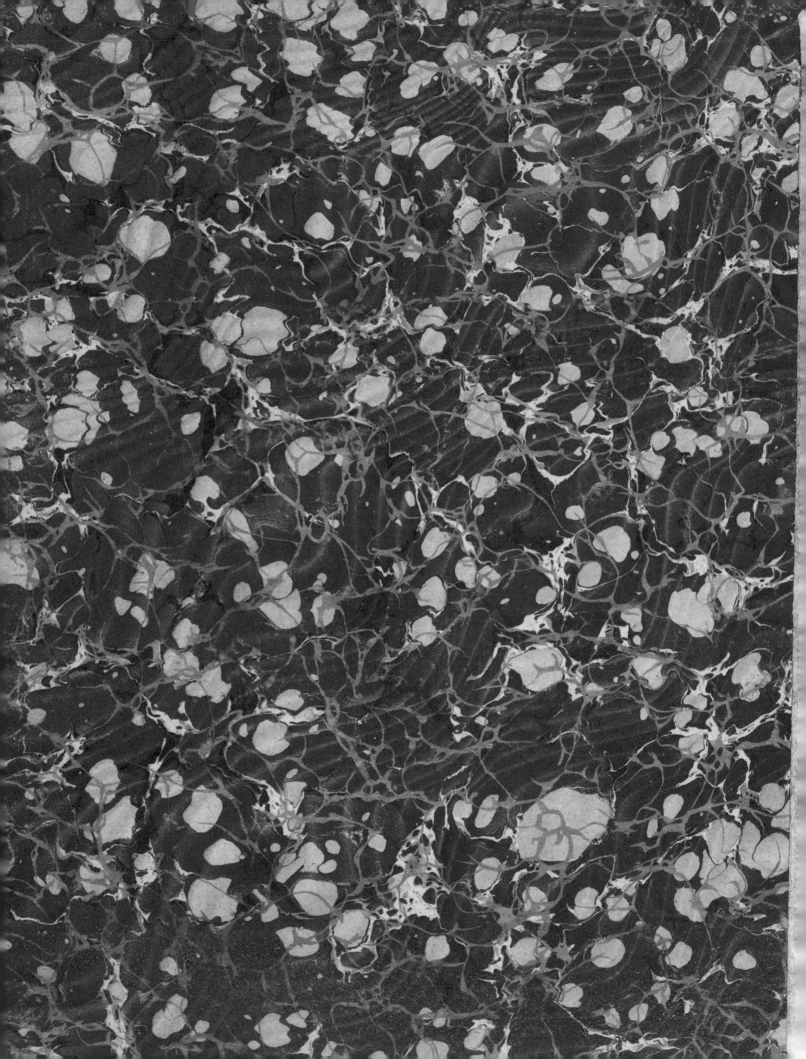

My Tata's Remedies
Los remedios de mi tata

By Roni Capin Rivera-Ashford

Illustrated by Antonio Castro L.

CINCO PUNTOS PRESS
WWW.CINCOPUNTOS.COM

MY TATA HAS BEEN helping people feel better for as long as I can remember. He helps my family and me when we get hurt or feel sick. He helps the neighbors too. All anyone has to do is ask. When Tata's done, he makes one big happy clap and says, *"Sana, sana, colita de rana, si no sanas hoy, sanarás mañana,"* which is his way of saying, "I'll kiss it and rub it and make it go away. Now that you're better, you can go out and play!"

⦿

DESDE QUE YO PUEDO recordar, mi tata ha ayudado a la gente a sanar. Él ayuda a mi familia y me ayuda a mí cuando nos lastimamos o nos enfermamos. Ayuda a los vecinos también. Sólo hay que pedírselo. En cuanto Tata termina, da una gran palmada con alegría y dice: —Sana, sana, colita de rana, si no sanas hoy, sanarás mañana.

My TATA'S NAME is Augustine, but most people call him Gus.

"Tata," I ask him one day, "will you show me how to make your remedies?"

"Oh, Aaron," Tata says, "I've been hoping you would ask me that. I would love to teach you."

Tata has a shed in his backyard. It's a sweet-smelling place lined with shelves that are packed with jars and bags of all sizes. The jars and bags are filled with the dried flowers, leaves, herbs and teas that he uses to make his remedies.

"See the names written on each jar and bag, Aaron?" Tata says. "Little by little, I'll show you what to use and when to use it."

❦

MI TATA SE LLAMA Agustín, pero casi toda la gente le dice Tata Gus.

—Tata —le pregunto un día—, ¿me puedes enseñar cómo preparar tus remedios?

—Ay, Aarón —dice Tata—, tengo tiempo esperando que me pidieras eso. Me encantaría enseñarte.

Tata tiene un cuartito especial atrás en su patio. En este cuartito, de aromas tan dulces, hay muchos estantes llenos de frascos y bolsitas de todos tamaños. Los frascos y las bolsitas contienen diferentes flores y hojas secas, hierbas y tés que él usa para preparar sus remedios.

—Aarón, ¿ves el nombre escrito en cada uno de los frascos y las bolsitas? —me pregunta Tata—. Poco a poco te voy a ir enseñando qué usar y cuándo usarlo.

"BUT FIRST, I HAVE a present for you. I made it myself and painted it your favorite shade of blue."

"What is it, Tata?"

"It's a *balero*, mijo—a game I played with my friends when I was your age. I still like to play with my balero now and then. It takes lots of practice though. Watch! One, two, three—up, around and back to me. Did you see how it went up and around? Then it's supposed to fall right onto the stick."

"Let me try, Tata, pleeeease!"

"Remember, I've played this for more than fifty years. It's your first time. Be careful."

—PERO PRIMERO TE QUIERO enseñar lo que te voy a regalar. Lo hice especialmente para tí. Y lo pinté de azul, tu color favorito.

—¿Qué es, Tata?

—Es un balero, mijo, un juego que yo jugaba con mis amigos cuando tenía tu edad. Todavía me gusta jugar con mi balero, de vez en cuando. Pero hay que practicar mucho. ¡Mira! Uno, dos, tres, pa' rriba, da vuelta y se me devuelve otra vez. ¿Viste cómo subió y dio vuelta? Y el palito debe terminar dentro del balero.

—¡Déjame intentarlo, Tata, por favorrrr!

—Acuérdate, mijo, que yo tengo más de cincuenta años jugando al balero. Es tu primera vez. ¡Ten cuidado!

I WHIRL THE *BALERO* UP. It lands with a WHACK on my forehead instead of on the stick!

"Oops," says Tata, "looks like we've got our first patient."

Tata picks up a little round green can that says *Árnica de la Abuela* and puts it in one pocket. Then he takes a handful of flowers from a jar and puts them in his other pocket.

"Vámonos," he says, "let's get back to the house."

Tata wraps ice in a towel and has me hold it on my forehead. He makes some tea with the Árnica flowers. He rubs the sore spot on my forehead with *Árnica de la Abuela.* While I drink the tea, Tata makes one big happy clap and says, *"Sana, sana, colita de rana, si no sanas hoy, sanarás mañana."*

"Yeah, Tata, feeling better already."

"Remember, mijo, getting good at the *balero* takes time and practice—lots of it. Don't be in such a hurry."

E CHO EL BALERO HACIA ARRIBA. Se devuelve ¡dándome un TRANCAZO en la frente en vez de caer sobre el palito!

—¡Ay, ay, ay! —dice Tata—, parece que tengo mi primer paciente.

Tata levanta un botecito redondo de color verde que dice *Árnica de la Abuela* y se lo pone en el bolsillo. Luego agarra un puño de flores secas de uno de los frascos y se lo mete en el otro bolsillo.

—Vámonos —me dice—, regresemos a la casa.

Tata envuelve hielo en una toalla y me dice que me lo ponga en la frente. Luego se pone a hacer un té con las *flores de Árnica.* Me frota la frente con *Árnica de la Abuela* y mientras me tomo el té, da una gran palmada con alegría y me dice: —Sana, sana, colita de rana, si no sanas hoy, sanarás mañana.

—Es cierto, Tata, ya siento alivio.

—Acuérdate, mijo, que para llegar a ser buen jugador de balero toma mucha práctica y mucho tiempo. No hay apuro.

Árnica Montana

THE DOORBELL IS RINGING and ringing. Must be an emergency! Nana opens up. It's my little sister Sarah, crying and screaming, "Ooooouuuch! A bee stung me, Nana! Ooh, it burns!"

Tata winks at me. "Patient number two," he says.

Tata gets a small piece of cardboard and scrapes Sarah's arm where the sting is.

"See, Aaron, no more stinger." Then he goes outside, scoops up some dirt, mixes it with water and makes it into mud. He covers the bee sting on Sarah's arm with the mud.

"Aahhh," Sarah sighs, "thank you, Tata."

"Later tonight," he tells me, "I'll get some *Corn Silk* out of the shed and we'll make a rinse to wash off the mud. We can soak a cloth with the rinse, squeeze it out and leave it on her arm overnight."

EL TIMBRE SUENA Y SUENA. ¡Ha de ser urgente! Nana abre la puerta. Es mi hermanita Sarita que viene llorando y gritando: —¡Aaaauuuchhh! ¡Ay Nana, me picó una abeja y me duele! ¡Ay, ay, ay!

Tata me cierra el ojo. —Paciente número dos —dice.

Tata trae un pedacito de cartón y raspa la picadura en el brazo de Sarita.

—Ya viste, Aarón, así se saca la ponzoña. —Luego Tata sale al jardín, agarra un puñado de tierra, le echa agua para hacer lodo. Le unta el lodo en la picadura a Sarita.

—Ahhh —suspira Sarita—, gracias, Tata.

—Más tarde —me explica Tata—, voy a traer unas *Barbas de Elote* del cuartito de afuera y vamos a hacer un enjuague para quitarle el lodo. Después vamos a mojar un trapito con el enjuague, exprimirlo un poco y dejárselo en el brazo toda la noche.

Corn Silk /
Barbas de Elote

THE BACK SCREEN DOOR SLAMS shut. It's my little brother Justin. He plays basketball, football, baseball, almost anything he can do with a bunch of friends and a ball. He falls down on the couch and pulls off his tennies and stinky socks.

"Ohh, my feet itch," he says.

Tata raises his eyebrows and looks at me over his glasses. "Patient number three?" he asks.

Tata says, "Justin, come soak your feet. I have this tub of water just for you. I boiled a few *Creosote* branches to make this rinse. It will make that itching go away for a long, long time." Tata makes one big happy clap and says, *"Sana, sana, colita de rana, si no sanas hoy, sanarás mañana."*

❦

LA PUERTA DE ALAMBRE que da al patio se cierra de golpe. Ahora viene llegando mi hermanito Justino. Él juega básquetbol, fútbol, beisbol o cualquier deporte que puede jugar con sus amigos y una pelota. Se deja caer en el sofá, quitándose los tenis y los calcetines apestosos.

—¡Ay, cómo traigo comezón en los pies, —se queja Justino.

Tata levanta las cejas y me echa una mirada por arriba de sus lentes.

—¿Paciente número tres? —me pregunta.

Luego Tata dice: —Justino, ven a remojarte los pies. Aquí te tengo esta tina con una agua especial. Puse a hervir unas ramitas de *Hediondilla* para hacer este enjuague. Esa comezón se te va a quitar por mucho tiempo.

Tata da una gran palmada con alegría y dice: —Sana, sana, colita de rana, si no sanas hoy, sanarás mañana.

Creosote Bush / Hediondilla Gobernadora Guamis

RING, RING. The doorbell again. It's Nina Emma and Baby Anita who is crying up a storm. Tata's house is like a hospital! Patient number four already and it's barely lunchtime.

"What's the matter, Emma?" Tata wants to know.

"Baby Anita has a diaper rash, Tata Gus," says Nina Emma.

"Aaron," says Tata, "go to the shed and get the *Cat's Claw* pods. They're on the top shelf. You all can help me take the seeds out and crush them to make a powder for Baby's diaper rash."

And that's exactly what we do. While we're helping Tata, Nana makes hot chocolate with cinnamon and marshmallows. And she bakes empanadas with apples from the tree in their backyard!

❧ ✿ ❧

RRIIINNN, RRRIIINNN, suena el timbre otra vez. Es mi Nina Emma y su bebita Anita quien está llorando con pujidos. ¡La casa de mi tata es como un hospital! Ya viene llegando el paciente número cuatro y apenas es mediodía.

—¿Qué pasa, Emma? —Tata quiere saber.

—Ay, Tata Gus, el pañal le ha causado un horrible sarpullido a mi niña, —responde mi Nina Emma.

—Aarón —dice Tata—, ve afuera al cuartito y tráeme unos capullos de *Uña de Gato*. Los vas a encontrar en el estante que está más arriba. Todos me pueden ayudar a sacar las semillas de los capullos y después molerlos para hacer un polvo. Ésto es para aliviar el sarpullido de la bebé.

Y eso es exactamente lo que nos ponemos a hacer. Mientras ayudamos a Tata, Nana prepara un chocolate caliente con canela y bombones. ¡También hornea empanadas con las manzanas del árbol que está en el patio de atrás!

Cat's Claw / Uña de Gato

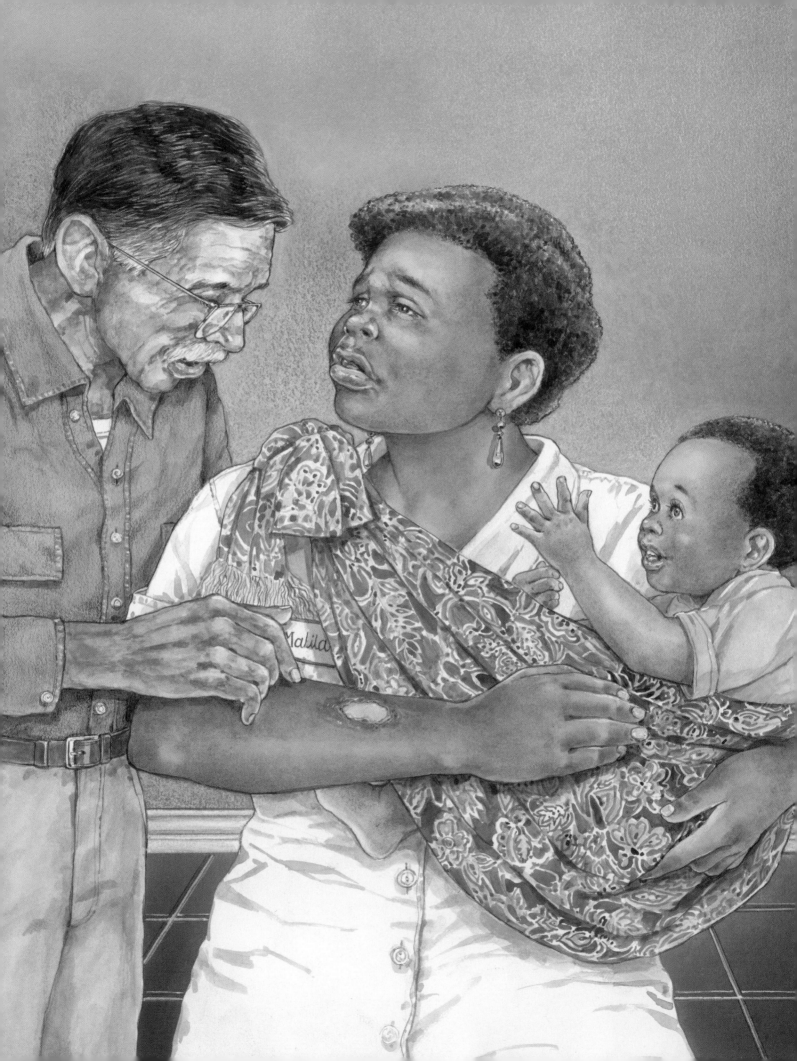

THE FRONT DOORBELL RINGS AGAIN.

"It's Malila—the new neighbor who just moved here from Angola, Africa," Nana says. "I taught her how to make empanadas yesterday. Malila, are you okay?"

"No, Mrs. Bravo," Malila responds. "I tried making empanadas and burned myself on the stove. I'm so grateful that the baby didn't get any burns."

Tata looks at me and holds up five fingers. Patient number five. I'm learning fast.

"What should we do, Tata?"

"First, let's cool off the burn with cold water. You do that with any burn, Aaron, even a sunburn. When Malila's skin stops burning, a very thin layer of healing will begin to form. That's when we squeeze out some healing gel from the *Aloe Vera plant* and put it on the burn."

When Malila feels better, Nana says, "Sit down and enjoy an empanada with us!"

EL TIMBRE DE LA PUERTA de enfrente vuelve a sonar.

—Ahora es Malila, la nueva vecina que hace poco se mudó aquí desde Angola, África —nos explica Nana—. Ayer le enseñé cómo hacer empanadas. ¿Qué tal, Malila, cómo estás?

—Pues no muy bien, Sra. Bravo —contesta Malila—. Me puse a hacer unas empanadas y me quemé con la estufa. Doy gracias que el niño no recibió ni una quemadura.

Tata voltea a verme y levanta cinco dedos. Paciente número cinco. Estoy aprendiendo rápido.

—¿Qué hacemos, Tata?

—Pues primero hay que enfriar la quemadura con agua helada. Es necesario hacer eso, Aarón, con cualquier quemadura, incluyendo las quemaduras de sol. Cuando la piel de Malila deje de arder, se va a formar una tapa finita de curación y es cuando podemos extraer la gelatina curativa de la *Hoja de Sábila* y untársela sobre la quemadura.

Cuando Malila se siente mejor, Nana le dice: —¡Venga a sentarse y comparta una empanada con nosotros!

Aloe Vera Plant /
Hoja de Sábila

HERE COMES ANOTHER neighbor Chris, with his father Alvin. Alvin asks, "Tata Gus, what can you do for an eye infection? Just this morning Chris woke up with his eyes stuck together."

"And now they itch and burn and itch, itch, itch," says Chris. Patient number six!

Tata sends me to the shed. "Aaron, look for a jar that says *Elderberry Blossoms* and bring me a handful."

Tata boils water and puts the dried *Elderberry Blossoms* in it. When the rinse is ready, Tata adds a little bit of milk to it. He gives Alvin a clean jar with the remedy and says, "Have Chris lie down here on the sofa. Put a clean cloth soaked with this wash on his eyes for twenty minutes. When you go home, repeat this every two hours for the rest of the day."

❧✿❧

AQUÍ VIENE OTRO vecino Cristóbal, con su papá Albi. Albi pregunta: —Tata Gus, ¿cómo nos puede ayudar a aliviar estos ojos infectados? Esta mañana Cristóbal amaneció con los ojos pegados.

—Y ahora me dan rasquera, luego me arden, luego más rasquera, rasquera, rasquera —dice Cristóbal. ¡Paciente número seis!

Tata me manda al cuartito otra vez.

—Aarón, busca un frasco que dice *Flores de Saúco* y tráeme un puñito.

Tata pone las *Flores de Saúco* en el agua que hierve. Cuando está listo el enjuague, Tata le añade una poquita de leche. Este remedio se lo da a Albi en un frasco limpio y le dice: —¡Qué se acueste Cristóbal aquí en el sofá. Toma una toallita limpia, remójala con este enjuague y pónsela encima de los ojos por veinte minutos. Cuando regreses a casa, repite ésto cada dos horas por el resto del día.

Elderberry / Flores de Saúco

"ALVIN, IF CHRIS' eye infection isn't gone by tomorrow, he can't go to school. This kind of eye infection is very contagious! Come back and Aaron and I will make a new remedy with *water honey* from the *Century Plant*. One of these will get it out without a doubt."

"While Chris is having his first treatment, please come sit down," says Nana, "and have an empanada and some hot chocolate with us. I'll give you some to share at home later."

—ALBI, SI LA infección de ojos de Cristóbal no se le quita para mañana, no podrá ir a la escuela. ¡Este tipo de infección es muy contagiosa! Vuelve para que Aarón y yo te podamos preparar otro remedio con *agua miel del Maguey*. ¡Uno de estos remedios será una cura segura!

—Mientras Cristóbal se relaja con su primer tratamiento, por favor venga a sentarse —dice Nana—, para que comparta con nosotros una empanada y un chocolate caliente. Después le doy unas para llevar a casa.

Century Plant / Maguey

THE POSTMAN Rudy is now at the front door.

"I don't feel so great, Gus," Rudy tells Tata. "I'm catching a cold."

Who would have guessed that our postman would be patient number seven?

Back to the shed I go. Tata tells me to get *Mullein flowers.* It's in a jar on the second shelf and if I can't find one that says *Mullein flowers,* Tata says it might be labeled *Cudweed.* They're the same thing. Tata takes the *Mullein flowers* and puts them in boiling water with a few *Eucalyptus leaves* to make a tea.

"Okay, Rudy," says Tata, "sit down and drink this. You must drink it four times a day for the next three days. You can sweeten it with honey. Just before you go to bed, rub some *Vicks VapoRub* on the bottom of both feet, then put on some cotton socks. And don't forget to rub some of it on your chest too. Then cover your chest with a warm towel. *Santo remedio*—a magical cure!"

"And so are empanadas," says Nana. "Please take these with you to enjoy when you feel better."

*Eucalyptus Leaves /
Hojas de Eucalipto*

AHORA RUDY, EL CARTERO, está en la puerta.

—No me siento muy bien, Gus —Rudy le dice a Tata—. Me anda pegando resfriado.

¿Quién iba a creer que nuestro cartero sería el paciente número siete?

Y ahí voy otra vez al cuartito. Tata me explica que le traiga *Flores secas de Gordolobo.* Están en un frasco en el segundo estante. Tata pone a hervir las *Flores secas de Gordolobo* junto con unas *Hojas de Eucalipto* para hacer un té.

—Ahora, Rudy —dice Tata—, siéntate y tómate ésto. Necesitas tomarlo cuatro veces al día por tres días seguidos. Lo puedes endulzar con poquita miel. Antes de que te acuestes a dormir, debes frotarte con un poco de *Vicks VapoRub* en la planta de los pies y después ponerte unos calcetines de algodón. Y no se te olvide frotarte en el pecho también y tapártelo con una toalla calientita. ¡Santo remedio, una cura segura!

—Y otro santo remedio son las empanadas —dice Nana—. Por favor llévate éstas para disfrutar cuando te alivies.

*Mullein Flowers /
Flores de Gordolobo*

KNOCK, KNOCK, KNOCK! There's that door again. People must have heard that we're having a party, because there's a mariachi trio out front! It's José Luis, but most of us know him as Guapo.

"Tata Gus, my tooth is killing me," says Guapo. "And we're supposed to play and sing at a *quinceañera* in a few hours."

I've lost track of how many patients Tata has helped today!

"*Aiii, mi* Guapo, I have just the cure. Aaron, go get me some Mexican Thistle. You'll find it in a little bag on the bottom shelf in the shed. I'll start some water boiling to make the rinse we need for Guapo. Justin, ask Nana for some cotton balls and two pieces of *Whole Clove.*"

"And Sarah, ask Nana to bring Guapo a cup of the *Linden tea* I left prepared there too. He needs to calm down and this special tea is just that kind of remedy."

Mexican Thistle / Cardo Santo

¡TAN! ¡TAN! ¡TAN! Se oye tocar la puerta otra vez. De seguro la gente piensa que tenemos fiesta porque hay un trío de mariachi en la puerta de enfrente. Es José Luis, pero casi todos lo conocemos como Guapo.

—Tata Gus, casi me mata este dolor de muela —dice Guapo—, y tenemos que cantar y tocar en una quinceañera en unas cuantas horas.

¿A cuántos pacientes ha curado mi tata hoy? ¡Yo ya perdí la cuenta!

—Ay mi Guapo, te tengo un santo remedio con el que te curo de seguro. Aarón, ve al cuartito a traerme un tantito de *Cardo Santo.* Lo vas a encontrar en una bolsita en el estante de abajo. Yo pondré a hervir el agua que vamos a necesitar para hacerle un enjuague.

—Justino, ve pídele a tu nana unas bolas de algodón y dos piezas de *Clavo Entero.*

—Y Sarita, pídele a tu nana que también traiga una taza de *té de Tila* que dejé hecho. Guapo necesita calmarse un poco y este té especial es un santo remedio para los nervios.

Linden tea / Té de Tila

*T*ATA MAKES A RINSE from the *Mexican Thistle* and cools it down.

"Okay, Guapo, swish this rinse in your mouth slowly and spit it out. Do this four or five times. I soaked this cotton ball with some of that rinse. Now keep it on your tooth for a while. By quinceañera time, you'll feel well enough to sing. Then tonight, before you go to bed, and tomorrow morning, right when you wake up, put one of these *Whole Cloves* on your tooth. Have your mother soak another cotton ball in this solution and place it on top of the clove."

"This cure deserves a song!" says Guapo. And the rest of the trio begins to play *La Bamba*. "Please take some empanadas," says Nana, "for all of you to eat when Guapo feels better."

❦

*T*ATA PREPARA UN enjuague de *Cardo Santo* y deja que se enfríe un poco.

—Ándale, Guapo. Enjuágate despacito la boca con ésto y después escúpelo. Haz ésto cuatro o cinco veces. Remoja esta bola de algodón con el enjuague. Ahora déjate el algodón encima de la muela por un buen rato. Para la hora de la quinceañera, sanarás bastante para cantar. A la noche, antes de acostarte, y mañana en cuanto despiertes, ponte uno de estos pedazos de *Clavo Entero* encima de la muela. Luego dile a tu mamá que remoje otra bola de algodón con el enjuague y la ponga encima del Clavo.

Whole Cloves / Clavo Entero

—¡Esta curación merece una canción! —exclama Guapo. Y el resto del trío empieza a tocar *La Bamba*.

Nana le dice a los tres mariachis: —Por favor llévense unas empanadas para que se las coman cuando el Guapo se sienta mejor.

SOMEONE'S COMING in the back door. It's Mamá and Uncle Mark! "How come we didn't get invited to the party?"

"Mami," I tell her, "there's no party. Tata is teaching me how to prepare his remedies. He already showed me how to make a sore feel better."

"And how to take away a bee sting," says Sarah.

"And how to make feet stop itching," says Justin, as he skips and jumps around.

"And how to cure burns and eye infections and even a cold."

❦

AHÍ VIENE ALGUIEN por la puerta de atrás. ¡Mamá y mi tío Marco! —¿Y por qué no nos invitaron a la fiesta?

—Mami —le digo—, no hay fiesta. Tata me está enseñando cómo preparar sus remedios. Ya me enseñó cómo curar un golpe.

—Y cómo sanar una picadura de abeja —le dice Sarita.

—Y cómo quitar la comezón en los pies —le cuenta Justino, mientras salta dando vueltas.

—Y cómo curar quemaduras, infecciones en los ojos y hasta aliviar un resfriado.

"YOUR TATA," says Mamá, "always has a remedy, even if it's just a hug. Once when I was helping Nana cut lettuce for the chimichangas, I cut my finger. Tata soaked it in a liquid he made from *Porter's Lovage.* Then you know what he did? He put my finger in some freshly ground coffee! The coffee filled the cut and stopped the bleeding. Then he firmly wrapped a piece of clean cloth around it."

Uncle Mark says, "Your Tata has been healing people since before your mom and I were born. When I was just a boy, I got an earache. Tata prepared a special remedy."

"I boiled some *Rue*," says Tata, "and added glycerine to it too. Then I soaked a cotton ball in the *Rue* and let it set in Uncle Mark's ear all afternoon."

Otro santo remedio—another magical cure!

Porter's Lovage / Chuchupate, Oshá

❀

—TU TATA —dice Mamá—, siempre tiene un remedio, aunque simplemente sea un abrazo que te hace sentir mejor. Una vez yo le estaba ayudando a tu nana a picar lechuga para las chimichangas y me corté un dedo. Tu tata me puso el dedo a remojar en un líquido que hizo con *Oshá* o también le dicen *Chuchupate.* Después, ¿sabes lo que hizo? ¡Metió mi dedo en un poco de café recién molido! El café llenó la herida y la cortada dejó de sangrar. Entonces agarró un trapito limpio y lo amarró firmemente, tapando la cortada.

Tío Marco nos dice: —Tu tata ha curado a mucha gente desde antes que tu mamá y yo naciéramos. Cuando yo estaba chico, me dio un dolor de oído bien fuerte. Tata me preparó un remedio especial.

—Puse a hervir la hierba *Ruda*, porque esto curará el oído sin duda —dice Tata—. Después le añadí unas gotitas de *glicerina.* Dejé en el oído de tu tío Marco una bola de algodón remojada con este liquido durante toda la tarde.

¡Otro santo remedio, una cura sin duda!

Rue / Ruda

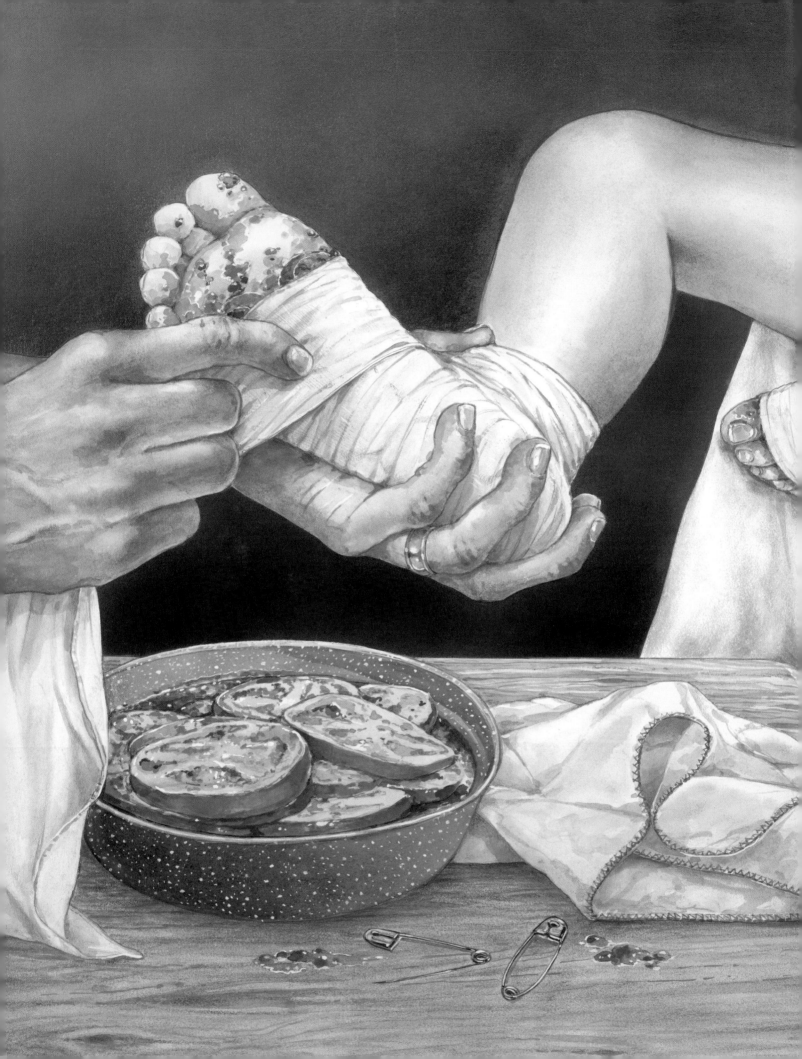

NANA INVITES Justin, Sarah, and me to spend the night. Mamá says, "Yes!"

Good thing we did because Sarah wakes up in the middle of the night with a fever. Tata thinks it's because of the bee sting.

"I feel hot and everything hurts me all over," Sarah cries.

Tata puts tomato slices on the bottoms of her feet, on her belly and forehead too. He makes some *Aztec Marigold Blossom* and *Hummingbird Flower* tea for her to drink. Tata tells me, "The tomato slices and tea will both help the fever go down."

Aztec Marigold Blossom / Cempasúchil

NANA NOS INVITA a Justino, a Sarita y a mí a quedarnos la noche. Mamá nos dice. —¡Seguro que sí!

Menos mal que nos quedamos porque a media noche Sarita despierta con fiebre. Tata piensa que es por la picadura de abeja.

—Tengo mucho calor y me duele todo el cuerpo se queja Sarita.

Tata le pone unas rebanadas de tomate en la planta de los pies, encima de su pancita y también en la frente. Luego le prepara un té de *Cempasúchil* y *Espinosilla* para tomar.

Tata me explica: —Las rebanadas de tomate y el té ayudarán a reducirle la calentura.

Hummingbird Flower / Espinosilla

AFTER SARAH FALLS asleep, I lie in bed, thinking about the wonderful day I had at Tata and Nana's. Tata gave me the special balero he made just for me. Now he's teaching me how to make and use his remedies.

How lucky I am to have Tata as my grandfather and my teacher too. A loving grandfather is like a *santo remedio*—a magical cure!

When Tata tucks me in he says, "Practice makes perfect. So if you want to be a champion balero player, or a really good reader or a great healer, you must practice every day."

I give him a high five! Then say,

"Tata, now I know what I need to do.
Practice a lot what I learn from you."

❧ ✻ ❧

YA QUE SE VUELVE a dormir Sarita, yo me acuesto y me pongo a pensar. ¡Qué día tan maravilloso pasé aquí con mi tata y nana. Tata me dio el balero que hizo especialmente para mí y ha empezado a enseñarme cómo preparar y cuándo usar sus remedios para curar.

¡Qué fortuna tener un tata tan especial! Él es mi abuelo y mi maestro personal. Tener un abuelo cariñoso es como un santo remedio.

Cuando Tata me pone a dormir, me dice: —Si quieres ser campeón del balero, un buen lector o un gran curandero, es importante practicar cada día.

Y yo le contesto: —¡Así es, Tata, de seguro!

Ahora sé lo que tengo que hacer.
Practicar mucho lo que vine a aprender.

GLOSSARY OF MEDICINAL HERBS & REMEDIES
GLOSARIO DE HIERBAS MEDICINALES Y REMEDIOS

Information in this glossary has been prepared by Armando González-Stuart, Ph.D. Professor of Herbal Medicine, El Paso Community College, El Paso, Texas.

ÁRNICA (*Árnica montana*)

Árnica has been used in many countries for centuries to help lessen the effects of bruises. Some people drink a tea made from the flowers for stomach problems or internal bruising. It is better just to apply it externally to the skin but only for bruises, not for cuts, because it can sting!

Las flores de árnica han sido utilizadas en varios países durante siglos para ayudar a disminuir los efectos de los golpes y los moretones. Algunas personas toman el té hecho de las flores para tratar problemas del estómago, incluyendo úlceras, pero es más seguro aplicar el árnica sólo externamente. Existen cremas o ungüentos hechos de las flores pero sólo se deben aplicar a los moretones y no a las cortadas, porque ¡puede arder!

MUD/LODO

Mud has been used by many cultures around the world to treat various ailments of the skin, including stings and bites from animals. The healing properties of mud were well known to our ancestors. Mud contains minerals like calcium and zinc, for example, that can be good for the skin. Tata applied a mud paste to the bee sting because the coldness of it made it hurt less and swell less. The mud also helps prevent heat dispersion and swelling and removes toxins from the body. After letting the mud paste set for a while, Tata then used corn silk and water to rinse off the mud.

El lodo ha sido utilizado por muchas culturas alrededor del mundo para tratar una gran variedad de dolencias de la piel, incluyendo las picaduras de animales ponzoñosos. Las propiedades del lodo eran bien conocidas por nuestros antepasados. El lodo contiene minerales como calcio y zinc, por ejemplo, que pueden ser benéficos para la piel. Tata aplica un empasto de lodo a la picadura de abeja porque el emplasto se siente fresco y eso hace que duela menos la picadura y disminuya la hinchazón. El lodo también ayuda a disminuir la dispersión de calor en la picadura y ayuda a remover las toxinas del cuerpo. Después de dejar que el emplasto de lodo se asiente bien por un ratito, Tata entonces usa un lavado con cabellos ("pelos") de elote y agua para quitar el lodo.

CREOSOTE BUSH (*Larrea tridentata*)
HEDIONDILLA / GOBERNADORA

Creosote bush is a dark green shrub that is found in many dry areas of the Southwestern United States and Northern Mexico. It has small but pretty bright yellow flowers. You can smell its leaves from far away right after it's rained. Tata used the branches to make a wash for Justin's feet, to help against itching and "stinky feet." This plant has natural chemicals that can fight the fungus that causes athlete's foot and other infections like ringworm, for example. IMPORTANT: Use extra caution when deciding to use this as a tea because it could be toxic.

Esta planta es un arbusto de color verde obscuro que se encuentra en muchos lugares secos del suroeste de los Estados Unidos y norte de México. La gobernadora tiene flores amarillas pequeñas pero bonitas y puedes oler sus hojas desde muy lejos poco después de que haya llovido. En el cuento, Tata usó las ramas e hizo un lavado para los pies de Justino, para ayudar contra la comezón y los "pies apestosos." Esta planta contiene compuestos químicos que pueden combatir a los hongos que causan el pie de atleta y otras infecciones como la tiña, por ejemplo. IMPORTANTE: Es necesario tomar precauciones adicionales si decide tomar esta como un té porque puede ser tóxica.

CAT'S CLAW ACACIA (*Acacia greggii*)
UÑA DE GATO, GATUÑO

These small spiny trees are abundant in many parts of the Southwestern United States and Northern Mexico, where they are important food for wildlife. The pods contain seeds that are crushed and mixed with water to make a paste that is soothing to the skin. That is why in the story they are used to treat diaper rash. This plant should not be confused with a very different species from South America, which has the same common name, yet the scientific name is different (*Uncaria tomentosa*).

Estos arbustos pequeños y espinosos crecen en abundancia en muchas partes del suroeste de los Estados Unidos y el norte de México. El gatuño es una fuente importante de alimento para la fauna silvestre. Las vainas (donde crecen las semillas) se pueden triturar y mezclar con agua para hacer una pasta que se pone sobre la piel para desinflamarla. Por esa razón, en el cuento se menciona que se aplica la pasta a los niños para tratar las rozaduras de pañal. Esta planta no debe confundirse con otra muy distinta que crece en el bosque amazónico de Sudamérica la cual también se conoce con el nombre de uña de gato, pero el nombre científico es distinto (*Uncaria tomentosa*).

ALOE (*Aloe vera*)
SÁBILA, ZÁBILA

Aloe Vera is one of the oldest medicinal plants. It was used in Africa and Arabia many centuries before it was brought to the American continent. The clear gel is obtained from inside the fresh leaves and applied to minor cuts, scrapes and burns. It has a soothing action and helps a burn or wound to heal quickly. Aloe is so good that many people around the world have an aloe plant in their kitchen or backyard to help with these minor emergencies.

La sábila es una de las plantas medicinales más antiguas. Esta planta fue usada por muchos siglos en Arabia y África, mucho antes de ser traída al continente americano. El gel de color cristalino se obtiene al cortar las hojas frescas y se aplica a las raspaduras, cortadas y quemaduras leves. Su efecto calma el dolor y ayuda a que las quemaduras y cortadas leves sanen más rápidamente. La sábila es tan buena que muchas personas por todo el mundo tienen una planta en la cocina o el jardín de sus casas, en caso de que sea necesario usarla para tratar estas emergencias menores.

ELDERBERRY BLOSSOMS
(*Sambucus Mexicana*)
FLORES DE SAÚCO

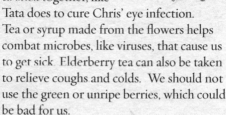

Elderberry flowers are made into a tea or syrup. The tea from the flowers can help as soothing eye drops to treat minor infections which cause the eyelids to stick together, like Tata does to cure Chris' eye infection. Tea or syrup made from the flowers helps combat microbes, like viruses, that cause us to get sick. Elderberry tea can also be taken to relieve coughs and colds. We should not use the green or unripe berries, which could be bad for us.

....

Las flores del saúco pueden usarse para hacer tés o jarabes. El té puede usarse en forma de gotas para tratar infecciones menores de los ojos, que causan que los párpados se queden pegados. En el cuento, así es como las usa Tata para curar la infección en los ojos de Cristóbal. Los tés o jarabes hechos con las flores ayudan a combatir muchos microbios, como los virus que nos causan enfermedades. Por esta razón, los tés pueden tomarse para mejorar los síntomas de los resfriados y la tos. Las flores son muy seguras, pero no debemos comer el fruto verde, ya que éste puede ser tóxico.

CENTURY PLANT
(*Agave atrovirens*)
MAGUEY

Some people say that certain agaves, plants with long fleshy leaves, can live for more than 100 years. That's why they are called century plants. Although this may be a little far-fetched, plants can survive for a long time. Some agaves produce a very sweet, clear liquid which is known as water honey or *aguamiel*. It is precisely the sweetness of this liquid which prevents some microbes from spreading, which is why Tata uses it as an eyewash to treat Chris's minor eye infection.

....

Algunas personas dicen que algunos agaves o "magueyes",

(plantas sin tallo que poseen hojas largas, carnosas y puntiagudas), pueden vivir por más de 100 años. Por esta razón, en inglés son conocidas como "century plants" (plantas de un siglo). Aunque esto pudiera ser un tanto exagerado, estas plantas pueden vivir muchos años. Algunas especies de agaves producen un líquido claro de sabor muy dulce conocido como "aguamiel". El alto contenido de azúcares de este líquido es precisamente lo que impide que algunos microbios se extiendan, por lo cual Tata lo usa para lavar los ojos de Cristóbal para tratar su infección.

VICKS VAPORUB®

Vicks Vaporub is a rub that is used externally on the chest to help alleviate the effects of coughs and colds. Its main active ingredient is menthol, which was originally obtained from various plants of the mint family. Do not confuse with Mertiolate, a substance that is used to disinfect cuts and scrapes.

....

Vicks Vaporub es una pomada que se aplica sólo externamente, sobre el pecho, para ayudar a aliviar los efectos del catarro y la tos. Su principal ingrediente activo es el mentol que originalmente se obtenía de varias especies de plantas de menta. No debe confundirse con el Mertiolate, una substancia que también se usa como pomada para desinfectar cortadas y raspaduras.

MULLEIN FLOWERS
(*Verbascum thapsus*)
FLORES DE GORDOLOBO

Mullein is a plant that comes from Europe where it has been used for many years to treat coughs and colds. The Spanish first brought it from their homeland to Mexico, and other parts of the American continent. Remember that there are other different plants with the same common name in Spanish (*gordolobo*), that have similar properties, but they are not exactly the same plant.

....

El gordolobo original fue traído de Europa en donde ha sido utilizado por muchos años para el tratamiento de la gripe y la tos. Los españoles fueron los primeros en traer esta planta medicinal a México y a otros países del Continente Americano.

Debemos recordar que hay otra planta medicinal originaria de México que tiene propiedades similares a la planta europea que también se conoce con el nombre común de gordolobo (*cudweed* en inglés), pero es una planta muy distinta.

CUDWEED (*Gnaphalium spp.*)
GORDOLOBO

Cudweed has been used for centuries to treat coughs and colds, as well as to treat stomach problems. The small yellow flowers are steeped in hot water to prepare a tea, and given to children who have problems breathing. Remember that a different plant with similar properties is also called "Mullein."

....

El gordolobo se ha usado por siglos para tratar la tos y problemas del estómago. Las flores amarillas pequeñas se sumergen en agua caliente para preparar un té que se les da a los niños que tienen problemas para respirar. Hay que recordar que existe una planta distinta pero que tiene propiedades similares que también se conoce como gordolobo *mullein* en inglés.

EUCALYPTUS LEAVES
(*Eucalyptus globulus*)
HOJAS DE EUCALIPTO

There are many types of Eucalyptus trees. They were brought into the American content from Australia many years ago. The Koalas cannot live without them, as the leaves are an important source of nourishment for these marsupial animals. In traditional medicine, the leaves are made into a tea, with a little honey, to relieve a sore throat and coughs.

....

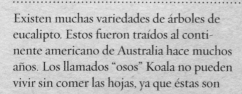

Existen muchas variedades de árboles de eucalipto. Estos fueron traídos al continente americano de Australia hace muchos años. Los llamados "osos" Koala no pueden vivir sin comer las hojas, ya que éstas son una fuente importante de alimento para estos pequeños marsupiales. En la medicina herbolaria tradicional, las hojas se usan para preparar un té al que se le agrega un poco de miel de abeja para tratar el dolor de garganta y la tos.

PORTER'S LOVAGE (*Ligusticum porteri*)
CHUCHUPATE

The root of this important healing plant is used to treat many ailments, from stomach upset to respiratory infections. Precisely because it can kill many microbes, Tata tells his daughter to soak her injured finger in a liquid made from this plant.

La raíz de esta importante planta medicinal se usa para tratar muchas aflicciones, desde un malestar estomacal hasta infecciones respiratorias. Precisamente porque puede matar muchos tipos de microbios, en este cuento, Tata le dice a Mamá que sumerja su dedo herido en un líquido hecho con la raíz de esta planta.

COFFEE (*Coffea arabiga*)
CAFÉ

The coffee bush is known around the world for the stimulating drink made from the berries or beans. What most people do not know is that coffee grounds can also help to clean minor cuts and slow down bleeding.

El arbusto del café se conoce por todo el mundo como una bebida estimulante que se hace con los frutos o bayas de la planta. Lo que la mayoría de la gente desconoce es que los asientos del café también tienen la propiedad de limpiar cortadas menores y disminuir el sangrado.

RUE (*Ruta graveolens*)
RUDA

The leaves of this plant are boiled and crushed to make a paste. It is put inside the ear to treat pain. The paste made from the leaves is mixed with a little glycerin (an oily substance) to help it stay in place inside the ear. A cotton ball is used to keep air and water out of the ear.

IMPORTANT: Do not drink Rue as a tea, because it could be toxic.

Las hojas de esta planta se hierven y después se muelen para hacer una pasta, la cual se mezcla con un poco de glicerina (una sustancia aceitosa) y se unta en una bolita de algodón. Esta se pone dentro del oído para disminuir el dolor. La bolita de algodón con glicerina sirve para evitar que entren agua o aire en el oído.

IMPORTANTE: No se debe tomar el té de ruda, porque puede ser tóxico.

MEXICAN THISTLE (*Cirsium spp.*)
CARDO MEXICANO

Many plants are called thistles and some have diverse healing properties. Mexican thistle tea can be used as a rinse or mouthwash to help treat a toothache. Sometimes it is combined with clove, as mentioned in the story. Remember, these plants are used to help lessen pain and infection, but it is always important to visit your dentist.

Existen muchas plantas que se conocen con el nombre común de "cardo" y varias poseen propiedades curativas diversas. El té del cardo mexicano puede usarse como enjuague bucal para ayudar a tratar un dolor de muelas. A veces, se combina con clavo de olor, así como se menciona en *Los remedios de mi Tata*. Recuerden que estas plantas pueden ayudar a disminuir el dolor y la infección de los dientes, pero siempre es importante, sin falta, consultar con un dentista.

LINDEN FLOWER TEA
(*Tilia platyphylos*)
TÉ DE TILA

The Linden tree is a large and beautiful tree. It is not only pleasing to look at, but produces special flowers. The tea made from the flowers can kill viruses that cause colds. Linden Flower Tea can also help us relax so we can feel calm and have a restful sleep.

El árbol de tila es grande y hermoso. No solo es bonito para verse, sino que también produce flores especiales. El té hecho con las flores puede matar varios tipos de virus que causan los resfriados. El té de tila también puede ayudar a relajarnos para que nos calmemos y podamos dormir bien.

CLOVE (*Syzingium aromaticum*)
CLAVO DE OLOR

Clove is an ancient spice from Asia. It is used to flavor meats and other foods. Cloves have a substance that kills microbes which often cause toothaches. Clove can also lessen the pain in your gums until you get to the dentist.

El clavo de olor es una antigua especia nativa de Asia. Se usa para darle sabor a las carnes y otros alimentos. El clavo tiene una substancia que mata a los microbios los cuales pueden causar el dolor de muelas. El aplicar el clavo a las encías puede disminuir el dolor mientras llegue al consultorio del dentista.

MARIGOLD BLOSSOM
(*Tagetes mexicana*)
CEMPASÚCHIL

Marigold blossom was a sacred plant for the Aztecs and other native peoples of Middle America. They used it in various important ceremonies. Marigold is a relative of Chamomile and therefore shares some of its healing properties, like lowering a fever, soothing an upset tummy or just helping us relax. It is no surprise that Tata used it in the story to treat bellyaches and fever.

Cempasúchil (Cempoalxóchitl) era una planta sagrada para los Aztecas y otros pueblos de Mesoamérica. Ellos la usaban en ceremonias importantes. La flor de Cempasúchil es "pariente" de la manzanilla (pertenecen a la misma familia botánica) y por lo tanto comparte algunas de sus propiedades curativas, como bajar la calentura, disminuyendo el dolor de estómago (cólico) o simplemente ayudando a relajarnos. No es de sorprenderse, entonces, que en este cuento Tata la usa para tratar dolores de estómago y bajar la fiebre.

HUMMINGBIRD FLOWER
(Loeselia mexicana)
ESPINOSILLA
The tea made from this plant has a calming action and has been used for many years in Mexican traditional medicine, especially when a person has been frightened. It may also help to lower a fever until the person sees a doctor.

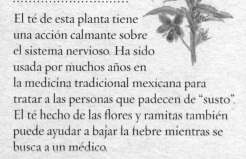

El té de esta planta tiene una acción calmante sobre el sistema nervioso. Ha sido usada por muchos años en la medicina tradicional mexicana para tratar a las personas que padecen de "susto". El té hecho de las flores y ramitas también puede ayudar a bajar la fiebre mientras se busca a un médico.

To my husband and lifelong friend
Daniel Rivera Ashford
You are #1 Tata in my book.

Also to my father Harlan Capin and my father-in-law Augustine López Ashford, two more who brought love, life lessons, humor and wonder to their grandchildren and beyond.

Whether you are called Tata, Papa, Opa, Grandpa, Abuelo, Pai, Zayde, Nonno, Ojiisan, Ye Ye, Lo Lo, Daada, Ông Nôi or another name, I honor and thank you for the blessings and spice you have brought to the lives of so many, including mine.

Para mi esposo y amigo por vida
Daniel Rivera Ashford
Para mí eres el Tata número #1.

También para mi papá, Harlan Capin y mi suegro, Augustine López Ashford, dos más quienes regalaron amor, lecciones de cómo vivir, un buen sentido del humor y otras maravillas de la vida a sus nietos y a muchos más.

Ya sea te conozcan por Tata, Papa, Opa, Grandpa, Abuelo, Pai, Zayde, Nonno, Ojiisan, Ye Ye, Lo Lo, Daada, Ông Nôi u otro nombre, les doy honor y agradecimiento por las bendiciones y los sabores que han dado, iluminando tantas vidas, inclusive la mia.

ACKNOWLEDGMENTS

A heartfelt thank you to each of the sponsors who committed their support to
My Tata's Remedies / Los remedios de mi tata since the seeds for this project were first planted.

Pascua Yaqui Tribe
Yaqui and Proud

Pima County Schools Superintendent's Office
Promoting educational excellence through leadership, service, and collaboration.

Santa Cruz County Schools Superintendent's Office
"Education must not simply teach work, it must teach life." W.E.B. Du Bois

Santa Cruz County Attorney's Office'
"You have the power."

Chicanos Por La Causa, Inc.
Promoting positive change and self-sufficiency to enhance the quality of life for the benefit of those we serve.

Chicanos Por La Causa, Inc.

Many thanks to my Spanish editor, Luis Humberto Crosthwaite. May this book serve to promote the love of reading, writing and sharing about ourselves, our families, and the world communities in which we live. May it also be a tool to help the preservation of family and cultural traditions, love of the human spirit and its many languages, and natural healing remedies. May the thirst for learning, the deliciousness of memories and the tenderness of shared moments always be in your heart. *Roni*

~~~❊~~~❊~~~❊~~~❊~~~❊~~~❊~~~❊~~~❊~~~

Printed in the U.S.

First Edition
10 9 8 7 6 5 4 3 2 1

Library of Congress Cataloging-in-Publication Data

Rivera-Ashford, Roni Capin.
  My Tata's remedies = Los remedios de mi tata / by Roni Capin Rivera-Ashford ; illustrated by Antonio Castro L. — First edition.
    pages cm
  Summary: Tata Gus teaches his grandson Aaron how to use natural healing remedies, and in the process helps the members of his family and his neighbors. —Provided by publisher.
  ISBN 978-1-935955-89-4 (pbk.); ISBN 978-1-935955-91-7 (hardback); ISBN 978-1-935955-90-0 (e-book).
  [1. Medicinal plants—Nonfiction. 2. Healers—Fiction. 3. Grandfathers—Fiction. 4. Hispanic Americans—Fiction. 5. Spanish language materials—Bilingual.] I. Castro, Antonio, 1941- illustrator. II. Title. III. Title: Remedios de mi tata.

PZ73.R52463 2015
[E] — dc23

2014032021

BOOK AND COVER DESIGN BY ANTONIO CASTRO H.

~❊~

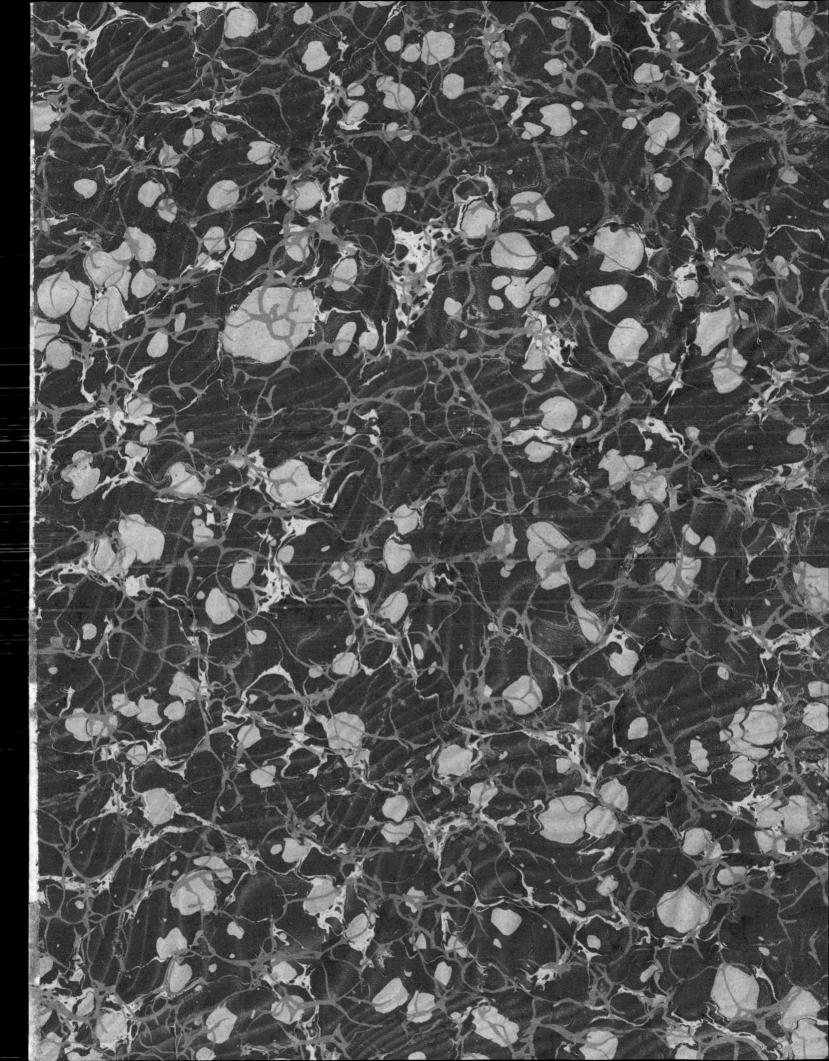

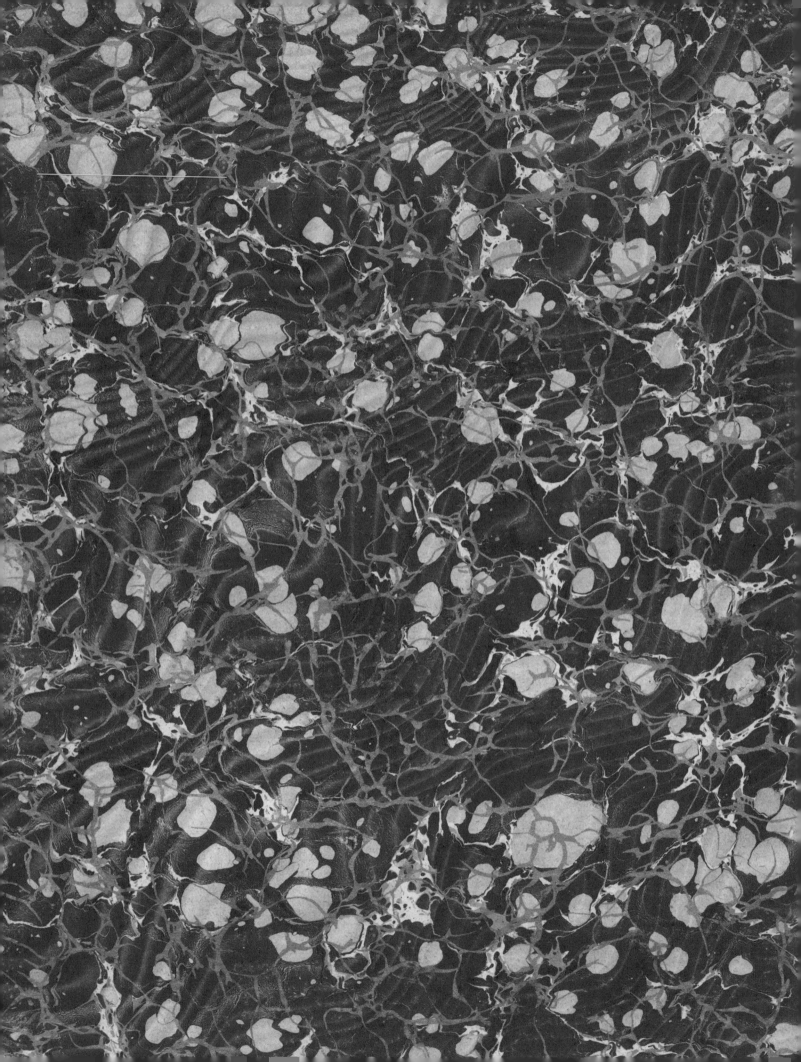